KB170440

RAINBOW | 094

뜨거워지는 사각 침묵

한윤희 시집

멀어지는 사랑 침묵

초판 발행 2022년 4월 15일
지은이 한윤희
펴낸이 안창현 **펴낸곳** 코드미디어
북 디자인 Micky Ahn
교정 교열 민혜정
등록 2001년 3월 7일
등록번호 제 25100-2001-5호
주소 서울시 은평구 갈현로 318-1 1층
전화 02-6326-1402 **팩스** 02-388-1302
전자우편 codmedia@codmedia.com

ISBN 979-11-89690-69-4 03810

정가 12,000원

이 책의 판권은 지은이와 코드미디어에 있습니다.
잘못 만들어진 책은 교환해드립니다.

뜨거워지는 사각 침묵 | 한윤희 시집

텅 빈 객석, 그들은 오지 않는다
셔터 내린 상가 앞에서 기웃거리는 일 그만두고
몸 통과해가는 빛들을 막으려 해
혀를 길게 내미는 일, 내밀어 무엇에 닿고야 말겠다는
아무도, 아무도 지나가지 않는
이제 그만 그 길을 닫고

무모해서

회전의자를 돌려 사방에서 팽팽하게 당기던 몸 일으켜
서서히 비튼다
투두둑 떨어지는 물방울
물방울에 달라붙어 떨어지는 낱말들
밤하늘처럼 먹먹해지는, 알 수 없는 말들이
가슴 한쪽에서 진동한다

2022.04.

차례

1부   작약

2부   초록빛 상자

차례

3부　　얼린 나뭇잎

4부　밥알의 적요

차례

5부　그 이유

뜨거워지는 사각 침묵, 알을 품는다, 점을 품는다
사물과 공기와 문장들 균열 일으키며 발아를 시작한다
낮낮해진 말들 알 깨고 흘러나와 벽에 부딪치고 깨져
다시 일어선다 하얀 벽 어깨쯤에 머무른다

– 「방」 중에서

1

작약

작약

당겼다 풀고 다시 잡아당겼다가 풀어놓는

밀려왔다 밀려가는 어떤 율동, 비밀은 깊고 깊어서

이 움직임은 당신의 내면

지금을 무너뜨리는 겹겹의 유혹
파득거리는 한 무리 진홍빛 날개가 정원에 쏟아놓은
진한, 이것은 누군가의 일몰

돌담 찢고 나오는 진홍빛 덩어리 그리고 그 가장자리
너울거리며 번져가는 선, 전선이 지나간다, 속이 베어나간다

키 큰 나무 아래서 무심한 듯 태연하게
몸 안팎 넘나들며 뽑아 올리는

나는 부서지고 부서지며

기척

창이 흔들린다 하늘은 흐리고
왼쪽 귀가 울먹이듯 가만히 흔들린다
바람은 불지 않아

한쪽으로 기우듬한 언덕을 내려와 구불거리는 길 따라
걷던 당신이 낮은 창에서 새어 나오는 피아노 소리에 잠시
멍하니 앉아 있다가 한껏 몸 세워 돌계단 오른다

나지막한 지붕과 꽃처럼 피어나는 불빛들

옛날 가게 기웃거리던 당신은 카모메 식당 문 밀고 들어
가 한쪽 벽을 바라보고 앉는다 노란 느타리버섯이 들어간
수제비를 주문하고 식탁 구석 아무도 읽지 않는 빛바랜 책
을 뒤적인다

낯선 단어들과 혼자 앉아 있는 사람들의 눈빛이 섞이고

식당 문 밀고 안개처럼 걸어 들어오는 작은 아이
우윳빛 우비를 입고 있는

아직도 꺼내지 못한

올리브나무숲 속 노란 집, 눈만 뜨면 창 밀고 들어와 말도 꺼내지 못하고 반벙어리처럼 앉아있다 날마다 아이가 자라듯 자라나 바닥에서 천장까지 이국의 낯선 방이 터져 나가려 한다

노란 벽에서 나온 아버지 꽃밭에 물 뿌린다
물 뿌리듯 씨 뿌리듯

    ㅆ   ㅜ

      ㄴ ㅎ

        ㄹ

        ㅇ

싹이 튼다
벽 타고 오르던 덩굴손
마당에서 뛰놀던 빨간 머리띠 소녀 감아 오른다

병아리 같은 노란 음악 흐르고

음 따라 젖어드는 집

그 벽에 박힌 글자들

물 위에 핀

낯선, 환한 물빛
흔들리며 조금씩 흔들리며

물결은 늘어나면서 갈라지면서 울렁이면서 발바
닥 혈점을 툭툭 건드리며 퍼져나간다 굵고 가는 결
들 안에 뭉쳐 있던 것들 발등 위로 하나씩 피어난다
새벽이 피어나고 누런 종이가 피어나고 세상의 전선
들 얽히고설키면서 흙으로 빚은 꽃병이 피어나고 빵
봉지에서도 꽃처럼 피어나는 페이스트리

발가락에 걸리는 여러 가닥의 불투명한 저녁들 간
신히 선을 이어간다 식물 키우듯 선을 키운다 거실
창가에 걸어놓고 물 분사하면 새끼손톱만 한 연둣빛
방 돋아나 문턱도 없이 균처럼 번져나간다 물 위에
찍히는 열선

테두리도 없이 퍼져나가는 꽃잎들

누군가 발등에 겨자씨만 한 것들을 무심코 던졌던 거야

강이었거나 바다, 아니면 꿈

방

방, 이란 말이 순식간 벚꽃처럼 피어나

면과 면, 꽃과 꽃, 은밀한 점 하나 뜬다

연분홍 빛살 옷처럼 점을 입는다

몸통을 감싸는 내밀한 사각 온기

창틈으로 비집고 들어오는 오래된 바람

뜨거워지는 사각 침묵, 알을 품는다, 점을 품는다

사물과 공기와 문장들 균열 일으키며 발아를 시작한다

낫낫해진 말들 알 깨고 흘러나와 벽에 부딪치고 깨져

다시 일어선다 하얀 벽 어깨쯤에 머무른다

꽃잎들은 뿌옇게 흐트러지고

씨를 품고 있는

방,

방은 점을 낳는다

저녁 빛

주방 창으로 들어와

소리 없이 책 모서리에 앉은

빛,

포르투갈 여가수의 노랫소리

소리가 진동한다

모서리 저 너머, 저 너머로 넘어간다

빈집을
빈방을
아이들 집으로 돌아가 텅 비어 있는 운동장을 끌고 와
자기 집으로 들어가듯
그녀 안으로 들어가고 있다

어느 날, 풍란

창이 갈라진다 가는 빛이 빠르게 지나간다

이른 새벽 창가에 누가 앉아 있다

가까스로 그 둘레에 앉아 멍하니 바라본다
오른발이 들리고 왼손이 올라간다
그분의 몸짓 따라
손끝은 가볍게 위로 비틀듯
가슴이 바닥에 닿도록 힘을 뺀 몸 가만히 숙여 본다
달빛 같은 얼굴에 무늬진 말도 안 되는 그 점과 선은 어떡할까요
붉은 보랏빛 점과 선이 그려진 스카프를 걸쳐 볼까요
하얀 종이 위로 가만가만 퍼져나가는 물감처럼
이 안으로 번지는 진한 노래는 어떡할까요
당신 안에 스며있는 바람 햇살 물방울
어디서, 어디서 끌어올까요

그것뿐인가요

내일 밤 잠든 사이

한 걸음 한 걸음 슬며시 멀어지실 텐데

그땐, 나 어떡할까요

발바닥으로 쓰는

길 걷고 있다
손과 목 감은 줄이 팽팽해진다

나무 밑동 얼룩진 오물 자국 앞에서 걸음 멈춰지고 몸
낮아진다
같이 걷던 사람은 지워지고
깊이 들이밀며 들이마시며 습기 속으로 기울어지는 몸

들어갈수록 더 벌어지는 간격과 어둠

제비꽃 소리 없이 사라지자
꽃을 보고 울음을 참았다던 시인의 몸에 가시가 돋고
그때 길은 붉은 붓으로 환을 친다

안에서 흘러나오는 짙은 숨

다시 풀밭으로 뛰어들어 두리번거리더니
솜사탕 같은 민들레 홀씨 한입에 털어 넣었다

언어가 안으로 들어간 것처럼 부르르 떠는 몸

땅의 리듬, 그것과의 결속

사과가 일으키는 저녁

산책하듯
여자는 태초의 무성한 말 사이를 느리게 걷고 있다
불 번지는 눈빛, 새벽까지 타오르는 검은 머리카락

영점 영 영 영 오 제곱미터 상자 안에서 달려 나오는 사과 하나
말발굽 소리 점점 넓어지는 발바닥
바닥이 파이고 빙빙 돌던 사과, 밖으로, 세상 밖으로 튕겨 나간다
끝없는 들판에 그어진 여러 겹의 사선
종이상자는 찢어지고 길 걷던 사람들 등에선 투명한 날개 돋아

결결한 페이지들, 도달하는 뜨거운 즙 한 방울, 빨갛게 탄 눈동자
먼 회억의 어디쯤 비 내리는 사과 밭으로 굴러간다
주렁주렁 매달려 소용돌이치는 고흐의 눈빛 같았던 열병 같았던
진종일 이젤 메고 태양을 쫓던 붓의 궤적, 수염은 노을빛이었던가

치간 사이로 촘촘히 흘러드는 빛
씹을수록 더 질겨지는 섬유질

기다란 꼬리를 물고, 검게 익어가는

알루미늄 빛으로도 붉게 익어 가려는 여자

조르바*의 춤

그날 하루 종일
그렇게 꼼짝 않고 앉아 있다가 어두워지고 나서야
창문 닫고 커튼을 내렸어요
빛이 들어온 것처럼 환해요, 어디서 온 빛인지
소리가 들려요, 굵고 거친 목소리
팽글팽글 팽그르르 내 방을 떠나지 않아요
침 뱉어내듯 퉤! 퉤! 뱉어낸 영혼
돌처럼 무겁고 단단한 말들 춤이 되어 나를 뒤흔들어요
그 가락 잡힐 듯 말 듯
페이지를 다시 펴서 크레타 섬으로 갑니다
자그락자그락 자갈돌 밟으며 커다란 몸 덩실거리며 산투르** 켜는
당신의 소리가 들려요
몸속에서 튀어나오는 야성의 환희
갈탄 캐던 투박한 손, 영혼을 캐듯 가는 현 쥐어뜯는, 절규
나도 모르게 신발 벗고 리듬에 맞춰 눈물 콧물 범벅이 되어
춤을 춥니다

당신의 춤, 어쩌면 텔루스***의 詩일지도 몰라요

---

* 니코스 카잔차키스의 소설 『그리스인 조르바』.
** 페르시아 악기.
*** 로마 신화 속 인물, 대지의 신.

빨간 장화

이번이 몇 번째인가, 빗소리 때문인가
허겁지겁 검색창 열고 빨간 장화를 찾는다
장식이 달리지 않은 단순하고 짙은 색의

산 사이로 깊어져 가는 녹색 안개 속으로
하얀 미궁 속으로 사라져 버리고 싶어
그럴 수 있을까
빨간 장화를 신으면
저기,
먼,
거기가 어딘지 알 수 없는

뿌옇게 풍경을 가려버린 저곳으로
비 냄새 따라 우산도 없이 걸을 수 있을까
그것만으로, Ahn*이 그랬던 것처럼

그녀의 시를 읽듯
어느 행간에서 몸 다 지워지도록 머물 수 있을까

너도 아니고 나도 아니고 우리도 아닌 그곳

말없이 지나가는 사람처럼 내리는 비로

목울대 적시며

무슨 일이 있었던 걸까, 당신 자궁 안에서는

* 소설 『빌라 아말리아』 인물.

착시

페이지 바깥으로 이어지는 방바닥이 꿈틀거린다
책과 손가락 사이에서 흘러나온
그 문장이 낳은
잠시 두리번거리더니 어딘가로 사라졌다

사라지지 마, 말없이 함께 걷고 싶었는데
신발 잃어버린 꿈처럼 가슴 졸이며 몸을 민다
소리는 희미하지만

의자에서 내려와 침 자국 따라 상자를 치우고 서랍장을 밀쳐내고
먼지 뒤집어쓴 손은 더 격렬해진다
갈 만한 길, 갈 수 없는 길, 가 본 적 없는 길
천장 더듬어 백열등을 켠다 병풍처럼 이어지는 유리창, 유리창과
바닥에 떨어진 조각은 궤짝 안에 태연하고

앵무조개의 나선형처럼 어지럽게 감아 도는 계단과
가파른 벽에서 떨어져 내리는 물소리

비밀번호를 누르고 들어갔을 때
그녀의 오후 세 시가 방바닥에 눌어붙어 있었다

－「잠시, 불빛들」 중에서

2

초록빛 상자

초록빛 상자

그 그림이 보이지 않는다

안으로 퍼지고 번져 나갔던 선과 빛들
고요히 끓어 넘쳐, 넘쳐흐르기 직전의
여러 겹으로 포개져 흐릿한, 소멸되기 전의
심연 같은 꽃

선반 위 낡고 허름한 상자에 담아 놓았던

그 안에서만 빛나고 있던
가끔 꺼내 놓고 혼자 황홀해지다 다시 덮어 놓았던
언젠가 누구에게 보여 주려다 다시 덮어 버린
아무도 보지 못하고 들으려 하지 않던, 듣고도 무표정한

문장으로도 세상에 내어 놓지 못한
내 안에서만 그림이 되는 그림

바다 건너온 이삿짐 속을 아무리 뒤져도

보이지 않는다

설마,

음압병실에 들다

가벼운 말들은 모조리 삼켜 버렸다고 고백해야 돼
그래서 목구멍이 화끈거리는 거라고

말하고 싶은 열망으로
말을 꺼내지 못해 침방울이 뜨겁다는 이유로
갇혔어 하얀 시트가 출렁거려
가두면 가둘수록 갇히면 갇힐수록 출렁이는 방
겨울 같은 벽에 걸린 자화상, 하얀 책상 하얀 종이
기압 낮은 방, 너를 낳기 좋은
하얀 천장이 뒤설렌다, 흰색은 그리기 좋은 색

혀들의 뒷면, 누군가 깊게 베어 먹은 이파리를 씹는다
잎 그늘에 모인 균들의 출렁임이라니

흰 장갑이 내민 스테인리스 식판에 비친 얼굴이 자란다
흰 용기 안에서 뒤척이며 몸 키워가던 균
밖으로 흘러나오는 걸쭉한 발소리, 춤이다

이 방은 청정 지역, 거꾸로 도는 헤파 필터*의 날개

천장 작은 구멍으로 빠져나가는 숨

마스크로 뒤덮인 지붕 틈새로 서서히 스며든다

---

* 공기 중 미립자를 정화하는 필터.

상자의 둘레

디지털 벽에서 날아온 상자, 빈 것들이 쌓이는 금요일 밤
휘청, 안쪽으로 쏠리는 너의 어깨

전생에 밀약이 있었던 것처럼

파면 팔수록 호흡은 더 깊어진다는 걸 알아버린 후
굴 파듯 파내려 가고 있다 바닥 찢어지도록

구석으로,
구석으로 자리를 옮기고 자폐아처럼 방문을 닫는다
빈 것만 보면 나타나는 그림자, 빈창자 움켜쥐고
의식 치르듯 무릎 꿇고 앉아 네 쪽의 문을 하나씩 닫는다
건너편에서 기습해오는 암울한 창과 밀려오는 아침저녁
을 하나씩 닫고
금 간 유리창과 녹슬어 가벼워진 문을 닫고 시끄러운 입
들을 닫고
견과류 담겼던 빈 상자 안으로 굶주린 몸 구겨 넣는다

몸 감쌀 듯한 둘레 우물처럼 안온한 깊이

꽉 찬 호두알, 숨 막히는 고요 안에 사지를 말아 넣고서야
비로소 얼굴이 되는
너의 몸만 한 어둠 속 빛나는 어둠

잠시, 불빛들

낡은 잿빛 우산이 접혔다 펼쳐진다 다시 접혔다 펼쳐지는 사이 맞은편 906동 테라스에서 불빛들이 우르르 몰려와 깜빡거린다 문 앞에서 깜빡거리는 의자들 감당할 수 없는 나무들이 잎사귀를 흔든다 뜨겁게 달궈진 프라이팬 위 음표들이 눈앞을 빠르게 스쳐 지나갈 때 불빛 사이로 타이트스커트와 흰 블라우스가 건너가고 모란의 붉은 눈물이 뚝뚝 떨어져 내린다 방 안 가득 들어차 오는 햇살 잠시 천장에서 내려왔다 올라가는 청회색 스크린

비밀번호를 누르고 들어갔을 때 그녀의 오후 세 시가 방바닥에 눌어붙어 있었다

쏟아지는 물

그날, 당신이 입었던 원피스 소맷자락에서 툭툭
널어 놓은 빨래에서 떨어지는 물방울처럼
거실 바닥으로 세면대 위로

마주 보고 있던 우리들의 얼굴을 덮고
위로 아래로 춤추듯 떠돌던 말들
커피 잔으로 내려와 부딪히고 깨진 말들
여기, 우리 꿈속까지

몸 그릇 안에 담겨 있어야 할, 고장 난 문처럼 닫히
지 않던 당신
그렇게 토하듯 쏟아져 나온 말들

이제 생각나요
당신 어깨에 무겁게 걸쳐있던 소라빛 롱드레스에
얼룩무늬가 있었다는 걸

지금, 당신의 속은 괜찮은지요

이차 교정

메스를 들고 단호하게 입술을 수정합니다

베어내기보다 덮어씌우기가 더 쉬워서일까

실패한 조각품을 바닥에 내리치는 로댕보다 속이 더 여린 까닭입니다

차마 잘라내진 못하고 흑백의 손바닥을 걸쳐 놓습니다

'공사 중'

임시일지 모릅니다

앞으로 하늘이 어떻게 바뀔지 당신은 모릅니다

계절이 몇 번 더 바뀌고 나면

3D입술을 달고 다니게 될지 아무도 모릅니다

어쩌면 말을 할 수 없게 될지도 모릅니다

오늘부터는

소리보다는 입술의 움직임을 보아야 합니다

너인지 나인지 쉽게 읽히지 않아 혼란스럽기는 하겠지만

눈동자의 지름을 키우고 쉬운 입을 참아야 합니다

바람이 젖지 않는 것은

새벽 공기를 가르고 솟아오르는 둥그런 것
그것은 신의 어느 한쪽일 거라는*

그 말 때문인지
석양의 문장들이 다 젖을 때까지 젖지를 않는다

바닥 긁으며 이불자락처럼 끌고 가는 울분
상처는 누가 할퀸 자국이 아니어서 스스로 할퀸 자국이어서
아무리 흘려도 둥그러지지 않아
마른 눈물은 삼켜지지도 않고 밑 모를 바닥으로 부서져 내린다

바람이 젖지 않는 것은 너무 슬프기 때문일까
눈물이 더 자라면 바람이 될까
바람은 신의 눈물일까

_____
* 이영주의 詩 중에서

절창絶唱

근육,

피아노,

흙,

이 풍경이 버겁다

이보다 더 높을 순 없다

그들은 너무 빨리 알아버린 건 아닐까

청년 농부들이 제주도에 짐을 풀고 있다

반찬이라는

　반찬가게 간판이 내 그릇에 담기던 어느 오후
　갈색 앞치마 젖은 머리카락이 눅진한 노래처럼 밖
으로 흘러나온다

　실타래처럼 가늘고 긴 고독 버무리는 손등에 저녁
빛이 말없이 엎힐 때
　반찬, 손으로 쓴 글자는 더 나물 같아서 더 불빛 같
아서 곤한 날벌레들 가방 메고 몰려온다 껍질 깨고
나온 노란 말들 하루의 상처 둘둘 말고 굴러간다 계
단 밟고 내려가는 어깨 도 시 라 솔 파 미, 검은 코트
자락 어두워지는 거리

　점점 더 기울어져 가는 도시 시린 골목길 떠도는
흐린 얼굴들, 호명되는 우리들, 코는 지워지고 귀는
잘려 나간다 저녁이라는 반찬에 취해 멋대로 뱉어버
린 어설픈 말들 걸쭉하게 잦아들 때면 검붉은 하늘
이 지글거린다 어차피 사각 틀에 갇히든가 의미 없

이 뿔뿔이 흩어져 사라질 텐데 굳은 입술이 중얼거
린다 밤비가 내린다 어둠이 내린다

　자르고 저미는 말 다지는 말 다져서 삼키는 말
　말들이 밀가루 반죽에 섞이는 일, 살아가는 일

혼몽 昏懞

바람, 음악, 그리고 저녁

열두 개의 모서리가 흩어진다
가슴에서 풀려나오는 은빛 실타래

음악은 구름, 정원으로 흘러간다
곡선을 입에 물고 몰려온 작은 새들

바람이 분다

손가락 사이로 빠져나가는 음들, 흩어지는 꽃잎들,
흩어지는 팔다리
어제의 유리창 빗금이 지워지고 저 다리 건너 들려
오는 소음이 녹는다
물방울처럼 떠다니는 영靈

말없이도 세상을 들어 올리는 투명한 가치

발 없이 걷는 고래산 저녁

앞치마에서 쏟아져 나오는 흰나비 떼

염색

머리카락에 파란 물 들이다가 영혼으로 색이 옮겨 붙는다
거울을 태우고 벽이 허물어진다

옷장에 소심하게 접어놓은 스무 살 원피스 마법에 걸린
듯 베네치아 비밀스러운 골목길 따라 꽃무늬 같은 작은 가
게 문턱 들락거린다 보석과 깃털 달린 가면을 골라 쓰고 이
제 막 도착한 행선지 표시도 없는 보라색 버스를 탄다

창공을 뚫을 듯 격렬한 붓질
튕겨 나가는 푸른 잎사귀

계단이 움직이며 동물들을 실어 나른다
수십만 개의 발목만이 무성영화처럼 들어왔다 나가고
낯선 역 이름들을 가까스로 머릿속에 집어넣기 시작했다

열렸던 문이 닫혔다
5호선 일곱 번째 칸 너의 옆자리에 멍하니 앉아

늘어진 하늘 가려버린 모호한 그림

불꽃이 사그라든다

피아니시시모

길을 잃었다
집으로 돌아가는 길 보이질 않아 돌고 또 돌아
와이퍼가 밀어낸 빗물 가장자리

무연히

소리 나는 쪽으로 신발 벗는다

몸 젖어 영혼이 눅눅해지기 시작하면
빗길에 다른 길을 트고 사려니 젖은 숲 속을 걷는다
빗물처럼 고이는 비릿한 육체
다섯 개의 창으로 밀려들어 오는 신들의 긴 변주
계단마다 터질 듯 붉어지는 침묵
몸이 뜬다

피아니시모,
피아니시시모,
피아니시시시모,

여기서

다시, 길을 잃으면 안 되나

그녀가 주저앉아 운다
웃음 같기도 하고 박하 같기도 한

우린 그걸 잘 모른다

- 「견디는 선」 중에서

3

얼린 나뭇잎

얼린 나뭇잎

열두 개의 창과 열두 개의 문을 닫는다

나무는 이파리가 더 짙어지기를 바라지 않아
헐렁한 틈으로 들어오는 햇살 막으려
넘어가는 달력을 내리고 벽에 걸린 괘종시계 배터리를
꺼낸다
타닥타닥 나뭇잎이 탄다
옷가지와 커다란 가방과 그것이 사라지기 전에

시곗바늘은 늘 구불거렸고 화살은 언제나 빗나갔지

눈을 크게 뜬다
나뭇잎이 떨어지기 때문이다
섬광처럼 몸 일으켜 베란다 문을 닫는다

소파의 눅진한 곡선이 시름시름 앓는다 낡은 가죽 소파
와 흰 이파리
벽과 벽뿐인, 아나운서와 아나운서의 아나운서에 의한

너무 많은 혼잣말로 약해진 콩팥 움켜쥐고 냉동실을 연다

음악처럼 흐르는 모과 향과 보드라운 이불을 얼려야 한다

멈춰 버릴지도 모르는 햇살, 참았던 노랫소리

접었다 폈다 아무도 듣지 않는 말들 하얗게 바래고

하얗게 식어간 복도가 개처럼 울올 짖어대기 시작한다

얼린 나뭇잎이 다시 녹으면

붉어진다

불현듯,
저녁 길 걷던 카잔차키스*

붉게 충혈된 두 눈으로 성호를 긋는다
모퉁이 돌던 여자 잠시 걸음을 멈춘다

저만치 언덕 비비던 찬란한 얼굴
입안 가득 초록을 문 채 저 너머로 넘어가자
벽은 얼굴 붉히며 고개 숙인다

갈피 못 잡고 흐느적거리던 풀잎들
종일 숨죽이며 오르고 내리기만 하던 청홍 화살표
　사람 따라 흔들리던 사람, 사람을 기다리던 택시기사 선
글라스를 벗는다

도로 위 힘 빠진 야채들 검은 봉지 안으로 밀려들어갈 때
시끌벅적한 말들이 풀어진 단추 채우고 두 손 모은다

회개하듯 몸 구부린 집들

붉어진 낯빛으로 열어 놓은 창문 일제히 닫는다

_____

* 그리스의 시인이자 소설가.

당신이 오신다

길가 저 나무들이 흘린다 흐르고 흘러 차도 중앙선을 넘는다

얼굴 위로 축축한 점들
아무도 모르게 당신이 흘린
참고 삼키고 버티다가 허리춤에서 기어코 터져 나오는
저녁이, 저녁의 횡단보도가 다시 젖는다

뭉클한 바퀴들 꼬리 물고 행주대교를 건너고 있다
손가락으로 공중을 들고 오르고 내리는 사람들
뼈 없는 방들 줄 지어 건너가고 우중충한 옷들이 어지러운 무
늬를 바람에 흘려보낸다
저기 검은 새들이 몰려온다

고개 돌려 열 손가락 각 세워 정수리를 두드린다

노래하는 사람인 줄 알았는데 나무였다
출렁거리는 나무, 구십구 점 구 퍼센트가 물인 당신들

관객은 없고 무대가 젖고 있다

빛나는 멜랑콜리아

차 안에 갇힌 광휘
거북 등처럼 갈라지고 터지는 차창

무심히 서있는 소나무 옆
저 혼자 빛나던 가로등
저 혼자 웅얼거리며 뜨겁던 빛

뛰어 들어와 문 걸어 잠고 시동을 건다
아이를 태우지도 않았는데 시속 이백팔십 킬로로
운동장을 달린다

땅은 어두워져 가는데
차바퀴에 물린 채 빛나는 그녀의 멜랑콜리아
광기 어린 고독, 부풀어 오른다

아이를 기다리며 차 안에서 그녀의 시를 읽는다

은빛 은어隱語

하얀빛 가루, 여긴 어디인가

어젯밤 옷가지와 필기도구만 들고 내려온 기억밖엔
없는데

너는 나를 휘몰아 어디로 데려가려는가

푸른 건반, 맨발 닿는 곳마다 솟구치는 은빛 은어들

발바닥은 사라지고 발바닥에 새겨진

사선나선점선파선곡선

키냐르*의 기하학무늬를 읽는 저녁

텅 빈 마을

─────────
* 파스칼 키냐르. 프랑스의 작가.

붉은 광장

에릭 사티*의 열 손가락이 느리게 움직인다

오후 여섯 시
광장에 사람들이 모여들기 시작한다
활과 현 들고 나와 의자 펴는 남자
긴 파마 머리와 현을 건드리고 가는 주홍빛 손가락
가장 낮은음 길게 흘러드는 도시

비애의 가는 곡선

간헐적으로 침이 고인다
접어 놓은 페이지는 접히고 또 접혀

서방으로 몰리는 입들 차마 문 열지 못하고
아트만지는 이미 붉게 번져가고 있다

이 악보는 어디로부터 온 것인지

* 프랑스의 작곡가이자 피아니스트.

겉옷

휴지통 안에 구겨진 종잇조각 서서히 허리 펴며 일어선다

오그라든 팔다리 하나씩 펴고 머리를 민다
몸 기울어지도록 목탁 두드린다
두드리고 두드려도 빈속만 울릴 뿐 구겨진 자리는 여전히
구겨져 있다는 것을

어떤 날의 찢어진 조각과 조각을 모아서 얼굴과 얼굴을 모
아서 박음질한다
잿빛 누비옷으로 얼굴 덮고 세상 내리깔듯 비스듬하게 앉
아보지만
빛나는 옷들은 여전히 빛이 나고 있다는 것을

아무나 입을 수 없지만 아무나 입을 수 있는 옷
올올이 풀어지고 찢어진 상처일 뿐인
더 이상 목탁 소리는 산등성이에 지리멸렬한 무늬가 될 뿐
그는 찌그러진 양은 냄비에 수제비 반죽을 떠 넣으며
물이 밀가루에 스며든다고, 이것들은 잘도 섞인다고

그는 이제 꽃무늬 넥타이를 접어 서랍에 넣는다

꽃무늬는 꽃이 아니라며

물방울무늬는 더 이상 물이 아니라며

소리즉흥곡

쉿, 움직이지 마세요
반으로 접혀 있던 신음들이 펼쳐진다

그 손을 치워주세요

책갈피에서 퍼득거리다가 공기 밀쳐 올리면서 솟구친다
위태롭게 펼쳐지는 실크 스카프
선線이 출렁인다 떠다니던 먼지 알갱이들이 흩어진다

여기선 소리를 금합니다

귀퉁이에 흘겨 쓴 불꽃
침대에서 벽지 무늬 곁으로 복숭아나무 가지 사이로
순식간에 번져가는 소리의 입자들
여덟 개의 꼭짓점 안에서 숨 가쁘게 움직이는 음표들
천장은 소리가 없다
등이 버티고 있는 흰 벽 넘어 삼십칠만 킬로미터 창밖
나뭇가지에 걸린 꽃잎

이파리들이 가만가만 흔들린다

방문에 걸린 그림들은 희미해져 가고

안주머니에 걸어둔 구름

밀려온다 차창이 녹는다

누군가의 하얀 입김 한없이 부드러운 선들이 얼굴
을 지우고 목을 휘감고 내려와 핸들 잡은 손목을 덮
는다 따스한 아이스크림이 흘러넘친다 시나몬롤과
아메리카노 창가에 마주 앉은 남과 여 입가로 흘리
는 안개꽃 다발 이마까지 차오르는 음악 바퀴는 달
리기를 멈췄다 사방으로 튀는 햇살 안전벨트가 스르
르 풀린다

흐릿한, 얇은 막이 빠져나간다

꽃 사러 가는 길이었다 버스는 멈추지 않는다 바퀴
는 보랏빛 아스타 정수리를 가볍게 스치고 지나간다
색색의 방들이 하얀 신발마다 고여 있다 구름을 입
에 문 아이가 타고 있는 세발자전거 피노키오 시계
와 빗물과 채송화가 다 여기 모여 있구나 뿌옇게 떠
다니는 것들 속에 떠다니는 악령들 술렁이는 소란들

차갑다 눈송이가 내린다

　고립된 방에서 뭉게뭉게 풀려나온, 고립이 길러낸 저 여러 송이 고독이 내린다 코트 깃을 올리고 안주머니에 다시 한 움큼 집어 넣는다 서랍에 저녁을 넣어 둔 시인처럼

그 바닥

무슨 생각으로 그랬는지
마중물이라도 붓듯 물 한 바가지 내 머리 위에 부었다
그녀의 바닥이 내 지붕이란 걸
바닥으로만 모여 사는 사람들이 있다는 걸
이웃집 여자는 어떻게 알았을까
세상 아직 잠이 덜 깬 시간
거울 보며 눈동자 적시는 중이란 걸
덧없이 눈동자 적시다가 그 바닥에 활을 비벼대면 흘러나오는
환각의 멜로디, 덧없이 밥그릇에 담아 놓는

내일이면 마를 것 같아서
젖은 머리 하얀 물에 가만히 담가 놓는다
붓는 사람 젖는 사람
웅웅거리며 떠다니는 물방울무늬
며칠 지나 엘리베이터에서 마주친 우린
서로 아무 말도 못 하고 아무 일도 없었던 것처럼

바람 같은 질문

초록빛 사유로 눈부신 Ada Park
너는 혼자 걷고 있다
어떤 소매가 너를 뒤덮듯 크게 둘러싸며 소리 없이
따라오는 소리
핑크로빈 깃털 끝으로 몰려드는 소리

보이지도 들리지도 않았던 너 이전의 그 소리
귓바퀴 휘청거리도록 세찼던 너 이전의 그 바람

낯선 땅 낯선 길목
미세하게 떨리던 풀잎 같은 그 음성
말없이 함께 걷는다 오래 떨어져 있던 연인처럼

풀밭에 나란히 앉아 너는 지금 묻고 있다
이 먼 곳에 내려 놓고 흔들어 대는 까닭에 대하여

견디는 선

길 위에 가는 선 하나
점과 점이 끝과 저 끝을 잡고 함께 걷고 있다

점 하나 오르면 점 하나 내려가고
가지에서 가지로 날아드는 새들의 아침
점 하나 내려가면 점 하나 오르고
민들레 피었다 지면 제비꽃 피어나고

끊어질 듯 말 듯 팽팽해지는 지평, 굵어지는 선

수평 지키려 붉은 입술 바르르 떨며 간신히 버티던 점
더 붉어지려 창백한 입술 담 너머로 피어날 즈음
맞은편 점 하나 바닥으로 내려앉는다

그녀가 주저앉아 운다
웃음 같기도 하고 박하 같기도 한

우린 그걸 잘 모른다

무엇에 홀린 듯 돌연한 가속도
거기에도 너는 없다 너의 셔츠 자락은 보이지 않아
잎사귀 뚫고 내려온 빛줄기 너의 등을 스치고 지나간다

  −「밀도 짙은」 중에서

4

밥알의 적요

밥알의 적요

여행에서 돌아와 마주친 이상한 고요

사소한 잡음도 없는 적막한 방
한쪽 구석에 뭉쳐있는 한 덩어리 적요
문 밀고 들어서자 밥알들 내게 달라붙는다
어둠의 낯빛들, 낱낱의 작은 시선들

폐교의 어둠 속에서 얼굴 찢어지도록 빗금 그어대며
자학하는 어느 화가의 자화상

절대고독을 마주하고 앉아 참선에 든 듯
온몸 삭도록 정신 갈아대며
며칠을 저렇게 웅크리고 있었던 것인가

경건해지는 까닭

한 겹의 밤이 지나면
다시 어두워지고 말, 기척

누가 그어 놓은 밑줄

새벽의 발바닥은 뜨겁고 차가워

꼬리 말아 올린 청설모의 작은 눈알이 집요해
장미 정원을 지나 맥문동 보랏빛 소요 속으로
걸어도 걸어도 끝이 보이지 않는 언어의 소요 속으로

귓바퀴가 훈훈하다 걸음을 멈췄다
누가 뒤를 밟고 있다
덜 마른 머리카락 바람에 날리며 옆길로 꺾어져 사라진

몇 문장 건너 밑줄 타고 흐르는 음을 듣는다
중음에서 저음으로 이어지는, 희미하게 그려지는 옆얼굴

어떤 줄에 다시 걸려 넘어진다
그가 흘리고 간,

음도陰島
- 지하서점

 사람이 없다, 마피아의 미로 같은

예상하지 못한 낯선 기류 좁고 기다란 계단을 따라 흐른다
도시 한복판 저쪽 너의 어둠 같은, 검은 문
빗각으로 서 있는 햇빛

 사람은 보이지 않고 말 잃어버린 얼굴들만 벽과 벽 사이에
끼여 있다
 손잡이를 돌려도 열리지 않을 것 같은 문
 키보드 두드리며 석고처럼 서 있는 젊은 여자와 엑셀 화면
 결별의 이유인 듯 고개 숙인 머리와 어둠처럼 긴 머리카락
 무수한 활자와 침묵을 말아 올린다

 낮은 천장 울리는 첼로 음 사이로 간간이 들려오는
 독獨 씹어 삼키는 소리와 페이지 넘어가는 소리
 고독을 욕망하는 눈동자만 카멜레온의 눈동자처럼 빠르게
움직인다

음습한 곳으로만 몰려든 다족류

이 구석 저 구석 쪼그리고 앉아 건너가고 있다

거기로

벽이 되다

거칠거칠한 벽에 너를 걸어놓고 싶어

벽을 찾아 카페 mokki 문을 연다 두리번거리다 잠시 머
뭇거리다가 저 구석 가장 아름다운 벽으로 너를 옮긴다
원탁 지나 나무의자 지나 너의 갈등을 지나 커피머신을
지나 청춘 같은 레모네이드를 가로질러 악어 이빨 게임을
하고 있는 무료함을 지나 질문을 기다리고 있는 여자 옆
을 지나 고무나무의 질긴 고독을 지나 벽을 바라보며 너
를 바라보며 벽에 기대어 서서히 벽을 탐닉한다 벽은 바
다가 된다

축축해지는 목덜미
어깻죽지에 무언가 서서히 돋아난다 몸이 가벼워진다

저 지붕들, 저 물기 없는 것들, 저 모순들까지

이국異國의 빈 벽

오래된 접촉들, 태양과 집
벽과 시간이 결합된 고독

노란 회벽을 가로지르는 빛과 어둠
베일 듯 외로운 빈방의 검은 창이 불려 온다

여행길 지친 몸 사이로 얼핏 스쳐가는
어떤 이름으로도 부를 수 없는 오래된 얼굴

힐끗거리다 돌아서려는 낡은 코트 자락
당신이 일으키듯 몸이 일어난다

먼 이곳까지 찾아와 파르르 떨고 있는

낯선 땅, 어느 빈 벽이 걸치고 있는
늦은 오후의 햇살

이유 없는 무게

가라앉는다

책상 위 사물들 이를테면

비에 젖어 울컥거리는 무선 노트

쓰다가 찢어버린 종이 같은 귤껍질

세상의 어둠 다 담아 놓았던 것 같은 커피잔의 까만 테두리

약간의 저녁이 섞인 포스트잇

더 이상 예민해질 수 없는 영 점 삼 미리 펜

그리고 어디서 본 듯한 희미한 여자

눈동자가 결린다

무겁다 어깨 짓누르는 손

문장으로도 말할 수 없는, 얼굴 없는 중얼거림, 어떤 기운

이 둘레를 에워싸는 누군가의 영혼

잿빛 코트를 걸친

밀도 짙은

어딘가로 번져가는 걸음, 저 걸음들

일렁이는 종아리와 부드럽게 너울거리는 셔츠 자락
등마다 그려진 황홀한 유희는 누군가의 계시 같아
뜨거운 욕조에 몸 담근 듯 사지로 퍼져가는 오렌지빛 무리들
보폭을 넓힌다, 운동화 안쪽에서 깨어나는 미세한 빛
신은 이 작은 손바닥에 따뜻한 차를 올려 놓았어

어떤 신호 같은, 수면으로 흘러내리는 버들잎 따 먹으며 걸어가
는 치맛자락
초록 물방울 튕기며 대서양 가로질러 바퀴가 굴러간다
무엇에 홀린 듯 돌연한 가속도
거기에도 너는 없다 너의 셔츠 자락은 보이지 않아
잎사귀 뚫고 내려온 빛줄기 너의 등을 스치고 지나간다

슬개골 안으로 가만히 들어와 앉는 마른 붓질

저쪽에서 건너오는 너를 본다

민틋한 흙길 키 낮은 꽃들 메타세쿼이아

카키색

채도 낮은 영혼, 오래된 그림

듬성듬성 빈자리 빈 데를 채워가는 붓질
선과 선을 지운다
사람과 병이 스미고 스민다

카키색은 모란디*의 병, 병과 병, 그 뒤에 병, 그 옆에 병, 겹겹으로 늘어서 있다 병과 병이 부딪는 소리, 너와 네가 부딪는 소리 몸 가리고 밖을 살피다가 다시 병 안으로 깊이 숨어든다 입안에 머금고 있는 말들 병 안으로만 가라앉히는, 가라앉아 울부짖는, 바닥에서부터 올라온 작고 낮은 목소리, 새벽의 침묵같이 물이 끓는다

붓 움직이기 전
점과 선들이 마른 천 위에 조용히 쏟아내는
말, 어쩌면 당신은 그런 말인지 몰라

저 병들 너머 보이지 않는 말할 수 없는

---

* 이탈리아 화가. 병(Bottle)의 화가로 불린다.

새벽 네 시

바닥이 흔들리며 술렁인다

문 앞에 별처럼 쏟아지는 검은 꽃

공중에 뿌려지는 활자들, 세상이 내려앉는다

벽에 부딪히는 질문과 모순을 던져놓고

재빠르게 돌아서는 뒤, 그 뒤 따라 엘리베이터를 탄다

켜켜이 쌓여있는 마스크를 뚫고 초고속으로 내려가는

검은 잠바

텅 빈 복도, 난간으로 울려 퍼지는 발소리

끝도 보이지 않는 골목

문 닫힌 상가 앞 축축한 웅덩이

몸 휘감는 습기

별과 빗소리가 뒤섞인다

새벽길보다 더 캄캄한 꿈과 꿈이

노트북 한 귀퉁이로 건너간다

끝없는 계단들

등 뒤에 등

깨진 보도블록, 철문이 떨어져 나갔다

살찬 별빛, 숨 몰아쉬며 등을 쏟아낸다

등들이 이룩한 땅을 기역니은디근 걷고 있구나
치열하고 무모한 저 등들이 몸 안으로 들어온다

거기서 거기, 단단한 척 물렁한, 꺾일 듯 부러질 듯
무궁화 꽃 환한 등굽잇길 돌고 있는 저 붉은 병사들
　손끝에 매달린 무색무취의 액체, 몰려다니는 정신들이
출렁거린다

아령처럼 잡아당기는 가방과 한쪽으로만 기울어진 어깨
중심도 없이 비스듬한 벽을 아슬하게 건너가고
울퉁불퉁한 계단 두 칸 세 칸씩 오르려는 어긋난 등뼈

산책자는 단 한 명도 없다, 밤의 나무들 몸 오그린다

설사 광화문 촛불 아닌가, 저 등빛

해독할 수 없는 불길 좇아 밤새 걷는다

등들은 사라지고 詩의 등에 기대어

정육점에는 돼지 껍데기가 없다

벗겨진 삼겹살을 보면 나체를 보는 듯해 낯을 들 수 없어
껍데기는 다 어디로 갔나
두 눈 껌벅거리던 정육점 주인은
어물어물 시선을 돌리며 애먼 붉은 살을 잘게 썰고 있다
나쁜 껍데기, 그 많은 껍데기는 다 어디로 갔을까
껍데기 가게가 성황이라는데
인계동 껍데기를 찾는 사람들이 많아졌다는데
갸우뚱거리며 시립도서관을 향해 걷는다
걸으며 콜라겐에 대해 생각한다
사람들은 뼈와 근육과 관절에 대해 많은 생각을 하고
갈수록 건조하고 거친 세상
여자들은 촉촉한 피부에 대해 많은 생각을 하지

책상마다 검은 머리들이 일제히 고개 숙인 채 뭔가를 찾
고 있는데
종합자료실 866열 두 번째 칸
사방에서 긁어온 껍데기가 바글거린다
어느 시인 프로필엔 껍데기만 쌓여있다 마른 낙엽 같은

언제부턴가 사람들은 쫀득쫀득해서 맛있다고

껍데기만 벗겨 갔다

모르는 일

세탁 바구니에 뒤집어 놓은 양말을 보면 나도 뒤집혀 안은 밖이 되고 밖은 안이 되지 다시 뒤집으면 안인지 밖인지 모를 말들이 모래알처럼 떨어진다 문밖의 말과 몸 안의 말들이 수시로 뒤바뀌며 낸 자국들 뒤틀려버린 실오라기 그 길이만 한 모순 살이 다 비치는 엄지발가락의 오래된 습성들 한쪽으로 심하게 기울어진 발바닥 문턱 넘나들었던 발들이 외면하고 문이 열리고 닫힐 때마다 들락거리던 공기는 온데간데없다

창과 방패 쏟아진다 혓바늘 쏟아지는 저녁
수없이 많은 너와 너를 이어가며 비틀거린다

아무것도 아니다
지금 코끝으로 지나가는 프리지어의 저 색
아무것도 아니다
저 투명한 유리병은 이제 더 이상 투명하지 않아

우리가 아직 모르는 일들

그 뒤 무수한 음으로 내 방이 흔들리고 있어요
그러니 잎을 다물어 주세요
당신도 알다시피 이 계절엔 음악 들을 시간이 짧아요

– 「바람 크로키」 중에서

5

그 이유

그 이유

저 방엔 그녀가 우글거려

낡은 서랍에 담긴 쾨쾨한 문자 향기

르네상스 시대 녹슨 램프에서 떨어져 내리는 꽃잎들

휘감기는 몸, 몸이 찬란해져

창밖 낡은 골목과 이국의 저녁에 젖은 적갈색 지붕 갉

아먹느라

몸은 더 둥글게 말리고

우글거리는 문자들 전신으로 퍼진다

종일 치대고 어루만져 질겨진 문장, 독 오른 문장들

점점 삭아져 가는 몸

여기저기 숭숭 구멍 뚫린 몸

문은 열리지 않는다

누군가 좀처럼 열리지 않는 틈새로 바람처럼 들락거
리며 저 방에 들어가지 못하게 한다는 소문이 언어가 다
른 언덕을 물들인다

바람 크로키

그새 옷을 갈아입고 나오셨네요

서둘지 말고 한 잎 한 잎 들려 주세요

사람들이 쏟아내는 말이라고 말하지 말아요

그 뒤 무수한 음으로 내 방이 흔들리고 있어요

그러니 잎을 다물어 주세요

당신도 알다시피 이 계절엔 음악 들을 시간이 짧아요

노란 집에선 병아리 노랫소리 구름 타고 오르는데

길옆 노파가 끌고 가는 바퀴는 느릿해요

바람에 닳고 닳은 손등 위로 툭툭 떨어지는 햇살

당신의 눈물은 노란빛인가요

저렇게 맴돌다가 춤추다가 사라질 텐데

짐 싣고 달리는 택배기사는 건들지 마세요

우수수, 어제들이 흩어져요

생각 더 짙어지면 짐을 내릴 수 없어요

이제 그만하세요

횡단보도에 떨어진 당신 신발 때문에 건널 수 없어요

낮은음

빛이 있었던가 없었던가 아마도 각角이 있었던 거 같아
흑암 깊은 곳, 무색 고요

살갗 스치고 가는 음들
은은한 물결로 솜털 자라나 어떤 껍질에 닿는다
그 껍질도 모르는 물결, 주먹만 한 몸을 감싸며 조여 온다
바깥에서 당기고 안에서 당기고
끈과 끈이 팽팽해진다
살갗을 짓눌렀던 터질 듯한, 거기가 침묵이었을 거야
그 음音, 거기서 익혔을 거야

수중 음악은 점점 낮아지고
생생하게 쏟아지는 빛
깊숙한 어디 저장된 침묵
양수 속 저음, 노트북 자판 위로 도저하게 흐른다

엄마의 모직 코트는 회백색으로 바랜 지
이미 수십 년

야생화

누가 듣기는 들었을까

쩌렁쩌렁 그라비나 협곡*이 울린다

작은, 너무 작은
밥풀만 한 것이 땅에 붙어 소리치는
세상이 일으키는 먼지 속에서도 아랑곳없이 빛나는

누 억년을
저렇게 저 자리에서 색색으로 저희끼리 소곤거리며
천지를 뒤흔들고 있었다니

높이 올려 보다가 납작해지고

———————
* 이탈리아 동남부 풀리아주.

아보카도의 중심

들릴 듯 말 듯 단호한 음성
아무도 서 있지 않은 연푸른 벌판

손에 쥐고 오므렸다 폈다 다시 오므렸다 폈다
뼈마디와 긴밀한 말이 오고간다
줄었다 늘어났다 다시 줄어드는 너와 나의 거리
새알만 한 지구가 끌어당겨 아무도 없는 섬에 부려놓는다
안으로 말려 들어오는 의혹, 한 치 오차 없는 둥그런 말이
하고 싶어지는
여기, 누구 없어요?

그 위에 누가, 누가 있기는 할까

지붕 뒤흔드는 욕망과 매일 문 앞에 던져지는 질문들
그 하늘 아래 계절의 첫 얼굴빛같이 여리고 무른 살 속
압축된 고요, 흘러나오는 침묵이 귀청을 울린다

누군가 몸 중앙에 깊이 박아놓은 원圓, 원原

구球를 조심스레 꺼내 굴려본다

굴러간다 멀어져 간다 보이지 않는다

열 개의 손가락 사이로

건반과 건반 사이로 쏟아지는 빛 채彩

로마 포폴로 광장 뒷골목

오래된 벽들이 흘러 다니며, 라르고

담쟁이넝쿨의 곡선, 안나 파블로바*의 슈즈

음 자리 같은 노천카페 의자, 적갈색 지붕마다 얹힌 음들

모퉁이 모퉁이마다 색, 색들, 우르르르 주저앉고 싶은

신경 일으켜 세우는 낡은 벽들의 침묵

손가락 마디마디 주황빛 눈물 벽으로 스며든다

열 손가락 끝에 몰리는 울혈

붉어지는 손바닥

_____
* 러시아의 발레리나.

검은 숲, 된바람

사람들 하나둘씩 문밖으로 나가자
검은 그림자 빛줄기처럼 거실 바닥으로 흘러든다
한쪽 벽에 걸려있는 검은 옷들, 검은 숲
차가워진 발바닥 털양말 속으로 죽을 듯이 밀어 넣고
노르웨이 숲으로 걸어 들어간다

청 재킷을 걸친 숲
하루키가 몰고 온 바람이 뚫고 들어와 열아홉의 턱을
창공으로 밀어 올린다
그때 그 열아홉은 어디에 있었을까
밤낮으로 탱탱한 종아리 같던 종로 2가
그 여백으로 떠돌던 비닐봉지
팝송 한 곡도 부르지 못한 채 구겨진 청바지
축농 같던 허공이 부풀어 오르기 시작한다
나무들이 뿜어내는 숨
폭죽 터지듯 여기저기 비닐봉지가 터진다
숲이여! 나를 가둬라

저 뼈들과 우리 사이
― 해골사원*

막이 내린 지 이미 수 세기, 다시 연극이 시작되고 있다

무대미술처럼
살을 발라내고 혼을 발라낸 사백여 수도사들의 유골
서가의 고서처럼 쌓여있다

맑은 물만 담아내려 했던 손가락, 뼈 마디마디
꽂인 양 상드리아인 양 섬찟해

이십일 세기 디지털 벽과 천장은 탐미주의자처럼 태연하
기만 한데
　저 뼈들, 쉰 목소리로 발목 잡는다

　움츠러든 눈동자들 뒤꿈치 들고 숨죽이며 굴러간다
　죄진 것 없는 것 같은데 털 부츠 신고 체크무늬 목도리
둘러멘 생이 왠지 부끄러워
　저 수의같이 하얀 회벽에 박힌 것이 마치 우리 때문인 것
같아서

죄를 다 짊어지고 우리를 대신한 것 같아서

---

* 로마의 베네토 거리에 있는 사원.

페르덴도시*

  몇십 년 벽에 박혀있던 나사 하나둘씩 빠져나간다
벽은 더 이상 쥘 힘 없어 문짝은 균형 잃은 어깨처럼
한쪽으로 기울어져 가고 있다 문틀이 휘고 창틀이
휜다

  휜 틈으로 흘러들어온 첼로의 낮은음, 저 모퉁이로
젖어든다 방을 채웠던 이불과 옷장과 사물들 상패와
감사패와 기념패 색은 변하면서 사라지고 좀이 쏠아
점점 바닥으로 내려앉는 음표 낮아져 가는 의자 점점
줄어드는 뇌세포 점점 좁아지는 방

  빈방은 본능적으로 자꾸 움찔거린다 무언가 채워
야 할 것이 있는지 휘어진 창틀이 삐거덕거린다 칠
벗겨져 비듬처럼 일어난 방문

  열렸다닫혔다열렸다닫혔다닫혔다닫혔다열렸다

* Perdendosi : 음악 기호. 점점 느리게, 여리게 사라지듯이.

말이 멈춘 자리

하늘도 피우는 것인지

그래서 여름은 밤새
그렇게 뜨겁게 긁적이고 있었던 것인지

천 일을 견딘 하늘
참았던 말을 피워낸다

알아들을 수 없는 말, 그 신비를
읽으려 귓바퀴는 뻣뻣해지고
어둠 속에서 카미유*가 혼나간 듯
가죽 가방에 진흙을 퍼 담을 때처럼
숨 멈춰지고
짐노페디** 음표 파르르 넘쳐
바닥에 흐르고 있는데

땅 위엔
방향도 없이 컨베이어 벨트 위를 걷고 있는 사람들
날개 달린 사람들

---
* 카미유 클로델. 프랑스 조각가.
** 에릭 사티의 대표 피아노곡.

가방에서 까만 모자가 쏟아져 나왔다

쏟아지고
흘러내리고

어스름으로 쏟아져 나온 모자들 웅성거리며 어딘가로 굴러
간다 히키코모리의 방들이 다다닥 붙어 기울어져 가는 어두
운 길목 마우스로 눌린 모자들 3×5인치 모니터에 갇혀 창궐
하는 물기 없는 눈썹들 초고속으로 펼쳐진다 바싹 마른 식물
위태로운 방구석 사막으로 흘러나온 암막 커튼 물 위로 점점
무성하게 자라는 물건들 무심하게 자라는 건물들 괜한 뒤통
수에 빨간 리본을 달며 엄마와 아들이 골목을 빠져나간다

잡초처럼 웃자란 말들이 서식하는 길모퉁이를 돌아서며 너
는 말했다
거대한 벽이 만져진다고 얼음덩이 같은
주머니에서 끈적한 것들이 자꾸 흘러나온다고
서쪽 볼이 자꾸 뜨거워진다고, 지구가 점점 뜨거워진다고

뜨거워지는 가방
점점 멀어지는 거뭇거뭇한 얼룩

그때 처음 알았다

화가의 뒷모습이 그렇게 아픈 건지

굵은 밧줄 하나에 꽃을 매달고
몸길이만 한 붓으로 밥을 그린다

누가 당신에게 왜 그림을 그리냐고 묻는다면 하는 사이

덜컥,

빈 밧줄만 시계추처럼 흔들거린다

흔들,

현기증 날 만큼 기다란 붓 들고

벽 안으로 스며들었나

사십 층 아파트 벽엔 눈물 한 송이 모란처럼 붉다

한윤희 시인이 그토록 선명하게 대상을 재현하고 있지만,
있는 그대로의 사물들을 단지 펼쳐내는 것이 '아닌'
그것이 지금에 이르고 미래로 투사되는 '도정'을 산출하는 까닭이 이것이다.

– 작품 해설 중에서

초록빛 상자,
보이지 않으며 말할 수도 없는

박성현

초록빛 상자,
보이지 않으며 말할 수도 없는

박성현

•

1

여기, 황혼이 대지에 스며들듯 우리의 삶으로 집중되는 문장이 있다. 그 문장은 마치 유화처럼 엄숙하여 끊임없이 생활의 풍경들을 비추고 숨은 뜻을 일으켜 세우면서 시인이 감내했던 모든 삶과의 연대를 이끌어낸다. 문장이 만들어내는 그 '연대'는 일종의 '마디'와 같아 시인은 우리가 잠시 잃어버렸던 대상들에 대한 근접성을 새롭게 산출하는 것이다. 이러한 생성은 시인의 고유한 임무이며, 욕망이고, 문장의 생래적인 본질이다.

하지만, 문장의 이러한 '임무'와 '욕망', '본질'은 시인의 입장과 연동되며 '균열' 혹은 '어긋남'이라 명명되는 또 다른 흐름들을 파생한다. 문장이 대상 속으로 파고들고 대상을 통해 기입하는 모든 관점들은 그것이 전혀 새롭고 농밀한 '다른 것'들을 지

향한다는 점에서 '시인'이라는 세계의 2차 개입에 따른 '사건'의 발생이라는 성질을 갖는다. 시인에게 문장은 세계를 마주한 한 인간의 치열한 고뇌이자 고통인 동시에 그것을 내파內波하는 '사건-만들기'인 것이다. 만일 시가 사건으로서의 세계에 개입하는 시인의 이념과 의지로부터 산파된다면, 그것은 세계의 멈춤과 균열, 그리고 그것에 덧칠되는 세계의 새로운 생성과 배치를 전제로 한다.

다시 말하자. 시는 대지에 스며드는 황혼처럼 우리 일상을 파고들고, 그 연대를 명확히 비추는 동시에 그러한 점입漸入으로서의 파고듦을 통해 대상의 파열이라는 순수한 사건을 만들어낸다. 그리고 그것은 우리가 만나게 될 '시'라는 작품의 윤곽을 형성하며 "휴지통 안에 구겨진 종잇조각 서서히 허리 펴며 일어선다// 오그라든 팔다리 하나씩 펴고 머리를 민다"(「겉옷」)는 시인의 놀라운 직관과 사유의 '일어섬'의 계기로 작동하게 된다. 우리가 대면하는 일상은 우리에게 주어진 세계로서 삶의 반경을 제한하는 1차 세계로서의 면모를 지니는바, 시인의 문장은 이러한 안정적 질서를 과감히 돌려세우는 것이다.

한윤희 시인의 시 「저녁 빛」을 보자. 이 시는 그리 길지 않은 문장으로도 세계의 개입으로서의 시가 도대체 어떤 힘과 의미를 가지는지를 압축적으로 웅변한다. "주방 창으로 들어와// 소리 없이 책 모서리에 앉은// 빛// (중략)// 모서리 저 너머, 저 너머로 넘어간다// 빈집을/ 빈방을/ 아이들 집으로 돌아가 텅 비어 있는 운동장을 끌고 와/ 자기 집으로 들어가듯/ 그녀 안으로 들어가고 있다"(「저녁 빛」)는 문장처럼, 아무리 사소한 '저녁 빛'이라 해도, 시인에게 포획되고 재배치되며 '흐름'이라는 의미로 정화된다면, 그것은 "모서리 저 너머"로, '빈집'으로 '빈방'으로 넘어가고 "텅 비어 있는 운동장을 끌고 와"서는 자기 집으로 들어가듯, "그녀 안으로 들어가"는 것이다. 여기서 대상들에게 관습적으로 일어났고, 일어나 있는 연대는 과감하게 어긋나게 된다. 비로소 시가, 시인과 세계의 정확한 경계에서 피어나는 것이다.

2

문장의 이러한 '파고듦'을, 마침내 우리를 멈춰 세우고 마는 그 미세한 어긋남을 우리는 '시의 나타남'이라 불러야 한다. 언어를 매개로 구축되는 형상들 사이에서 유일하게 '시'만이 사물을 재현하는 것으로 마무리되지 않고, 그 너머의 또 다른 세계를 산출하는 데에 이른다는 것을 잊어서는 안 된다. 거듭 말하지만, 이것은 시 「저녁 빛」의 대미인, "자기 집으로 들어가듯/ 그녀 안으로 들어가"는 사태의 출현이다.

당연하지만, 시는 언어의 가장 오래된 균열들이다. 균열은 우리에게 오래 머물지 않고 짧게 고여 있다가 흩어지면서도 가장 날카롭게 집중되면서 우리의 삶을 압도한다. "어느 행간에서 몸다 지워지도록 머물 수 있을까/ 너도 아니고 나도 아니고 우리도 아닌 그곳/ 말없이 지나가는 사람처럼 내리는 비로/ 목욕대적"(「빨간 장화」)실 수 있는 '당신의 자궁' 같은 곳이어서 세계는 시인의 문장으로 끊임없이 생성되고 멈춰 섰다가도 다시 이어지며 더 먼 곳으로 그 내륙을 확장한다.

이것은 우리가 이해하기 어려운 시의 특이한 현상 중의 하나다. 한윤희 시인이 그토록 선명하게 대상을 재현하고 있지만, 있는 그대로의 사물들을 단지 펼쳐내는 것이 '아닌' 그것이 지금에 이르고 미래로 투사되는 '도정道程'을 산출하는 까닭이 이것이다. 물론 그 '도정'은 "누가 당신에게 왜 그림을 그리냐고 묻는다면 하는 사이// 덜컥,// 빈 밧줄만 시계추처럼 흔들거린다// 흔들,// 현기증 날 만큼 기다란 붓 들고// 벽 안으로 스며들었나// 사십 층 아파트 벽엔 눈물 한 송이 모란처럼 붉다"(「그때 처음 알았다」)와 같이, 시인에 내재한 복잡하지만 명쾌한 '지도'를 형성하게 된다.

과연 그는 '덜컥'과 '흔들'이라는 단어를 통해 이 도정의 스산한 여운을 표현하는 것이다. 요컨대, 시인으로 살아가야 할 숙명이, 시가 존재하는 한 오래도록 남아 있다는 뜻이다. 그런데 "이 악보는 어디로부터 온 것"(「붉은 광장」)일까. "갈 만한 길, 갈 수 없는 길, 가 본 적 없는 길"(「착시」) 중에서 그가 산출하는 악보는 어떤 길을 걷고 있었던 것일까.

하늘도 피우는 것인지

그래서 여름은 밤새
그렇게 뜨겁게 긁적이고 있었던 것인지

천 일을 견딘 하늘
참았던 말을 피워낸다

알아들을 수 없는 말, 그 신비를
읽으려 귓바퀴는 뻣뻣해지고
어둠 속에서 카미유가 혼나간 듯
가죽 가방에 진흙을 퍼 담을 때처럼
숨 멈춰지고
짐노페디 음표 파르르 넘쳐
바닥에 흐르고 있는데

땅 위엔

방향도 없이 컨베이어 벨트 위를 걷고 있는 사람들

날개 달린 사람들

　　　　　　　　　　　　　－「말이 멈춘 자리」 전문

　'시인'의 문장이란 마치 '하늘이 피워내는 말'과도 같은 숙명을 가진다. "천 일을 견딘 하늘"이 그동안 "참았던 말을 피워"내는 것이 시라는 것이다. 시인은 이를 "그래서 여름은 밤새/ 그렇게 뜨겁게 긁적이고 있었던 것인지"라는 문장으로 요약하는데, 여기에 시인이 추구하는 작시법의 비밀이 숨어 있다. 비록 "알아들을 수 없는 말"이고 그와 동일한 무게의 '신비'일지라도, '음악'과 '추상'으로 요약되는 에릭 사티와 '미술' 혹은 '구상'으로 함축되는 카미유 클로델을 교차시키며 서로 스며드는 방식으로 시인은 문장을 직조해 낸다. 물론 그러한 언어는 신탁처럼 (사제에 의해) 해독되어야 할 천상의 까마득한 울림은 아니다. 이 땅의 사람들에게, 바로 "방향도 없이 컨베이어 벨트 위를 걷고 있는 사람들"과 "날개 달린 사람들"에게 들려줄 수 있고, 마음 편히 직관할 수 있으며 그럼으로써 '이야기'로 누대로 이어지는 서사를 만들어내는 '말'이다.

　확실히 시는 인간의 이야기이며, 그것은 인간이 바라보는 온갖 자연의 흐름들로 수렴된다. 시인이 노래하듯, "누가 듣기는 들었을까// 쩌렁쩌렁 그라비나 협곡이 울린다// 작은, 너무 작은/ 밥풀만 한 것이 땅에 붙어 소리치는/ 세상이 일으키는 먼지 속에서도 아랑곳없이 빛나는// 누 억년을/ 저렇게 저 자리에서 색색으로 저희끼리 소곤거리며/ 천지를 뒤흔들고 있었다니// 높이 올려 보다가 납작해지"(「야생화」)는 이름 모를 야생화의, 온몸으로 피어나는 색들의 형용이다.

또는 "당신도 알다시피 이 계절엔 음악 들을 시간이 짧아요/ 노란 집에선 병아리 노랫소리 구름 타고 오르는데/ 길옆 노파가 끌고 가는 바퀴는 느릿해요/ 바람에 닳고 닳은 손등 위로 툭툭 떨어지는 햇살/ 당신의 눈물은 노란빛인가요/ 저렇게 맴돌다가 춤추다가 사라질 텐데/ 짐 싣고 달리는 택배기사는 건들지 마세요/ 우수수, 어제들이 흩어져요/ 생각 더 짙어지면 짐을 내릴 수 없어요/ 이제 그만하세요/ 횡단보도에 떨어진 당신 신발 때문에 건널 수 없"(「바람 크로키」)다는 바람을 향한 우화와 같다. 여기서 우리는 이 악보들이 어디서부터 온 것인지를 단번에 알게 된다. '대상'의 손에 닿지 않은 순수한 '상象'과 그 상에 스며든 시인의 가장 단순한 '표정'들이다.

싹이 튼다
벽 타고 오르던 덩굴손
마당에서 뛰놀던 빨간 머리띠 소녀 감아 오른다

병아리 같은 노란 음악 흐르고

음 따라 젖어드는 집
그 벽에 박힌 글자들

　　　　　　　　　－「아직도 꺼내지 못한」 부분

　'싹'이 틀 때의, 그 엄숙함을 상상해보자－여기서 우리는 앞으로 보게 될 '초록빛 상자'에 대한 알레고리를 만나게 된다. 벽을 타고 오르는 '덩굴손'으로 자라기 전, 수많은 가능성을 가진 '초록빛'의 성채城砦 말이다. 처음에는 "눈만 뜨면 창 밀고 들어와 말도 꺼내지 못하고 반벙어리처럼 앉아 있"었을 뿐이지만, 자기 자신을 믿고, 집중하며 스스로를 내파 할 때 그것은 세계를 처음 본 병아리들처럼, 오로지 자기 자신의 소리만 흘러나오는 것을 깨닫게 된다. 그리고 벽을 움켜쥐는 힘으로 그 '소리'를 집에 새길 수 있게 된다－시인은 그 힘을 '젖어드는 집'으로 압축한다. 전혀 아무것도 아니었던 소리들이 벽을 움켜쥐고 집을 젖어들게 하는 것이다. 그 '힘'이란 "날마다 아이가 자라듯 자라나 바닥에서 천장까지 이국의 낯선 방이 터져 나가려 한다"는 의지에서 출발하며, 그 순수한 상象들과 고락을 같이하는 사람의 인간적 표정들로 수렴된다.

　따라서 시인에게 '악보'란 종국에는 시인의 이념과 의지가 담긴 '싹의 순수한 도래'로 명쾌하게 정리된다. 세계를 어긋나게 만들고 균열을 내지만, 그 균열을 미래로 향한 내적 힘으로써 봉합하는 '싹', 요컨대, '싹'이란 아직도 꺼내지 못한 무한의 잠재력이고, 그러한 의미에서 신이 인간에게 자유의지와 함께 내린 '언어'이며, "그 벽에 박힌 글자들"처럼 시인이 세계에 각인하는 초록빛의 '글자'다. "근육./ 피아노/ 흙.// 이 풍경이 버겁다// 이보다 더 높을 순 없다"(「절창絶唱」)는 문장처럼, 근육과 피아노와 흙이 만들어내는 고요의 절정과도 같은 '노래', "빛이 있었던가 없었던가 아마도 각角이 있었던 거 같아/ 흑암 깊은 곳, 무색 고요// 살갗 스치고 가는 음들/ 은은한 물결로 솜털 자라나 어떤 껍질에 닿는"(「낮은음」), 그러나 그 무시무시한 마주침 속에서 스스로를 탈구脫臼하고 일으켜 세워야 했던 그 침묵의 세계가 바로 악보에 담겨 있다. 바깥과 안에서 팽팽하게 당겨야 하는 소리들의 놀라운 마주침!

3

이러한 어긋남과 균열의 봉합은 오로지 '시-문장'에 내재한 힘일 것이다. 한윤희 시인은 긴 시간 동안 이러한 사태의 '나타남'들을 경험한 후 자신의 작시作詩에 녹아들게 했으며, 이로써 시라는 숙명을 서서히 완성해 왔다. 특히, 시선을 통한 감각의 극대화 혹은 정밀한 '조형술'은 시인의 문장이 세계에 개입하는 탁월한 사건임을 직접 예증하는바, 그는 이를 '초록빛 상자'라는 다소 특이한 객관적 상관물을 통해 우리에게 그 전모를 제시한다.

그 그림이 보이지 않는다

안으로 퍼지고 번져 나갔던 선과 빛들
고요히 끓어 넘쳐, 넘쳐흐르기 직전의
여러 겹으로 포개져 흐릿한, 소멸되기 전의
심연 같은 꽃

선반 위 낡고 허름한 상자에 담아 놓았던

그 안에서만 빛나고 있던
가끔 꺼내 놓고 혼자 황홀해지다 다시 덮어 놓았던
언젠가 누구에게 보여 주려다 다시 덮어 버린
아무도 보지 못하고 들으려 하지 않던, 듣고도 무표정한

문장으로도 세상에 내어 놓지 못한
내 안에서만 그림이 되는 그림

바다 건너온 이삿짐 속을 아무리 뒤져도

보이지 않는다

설마,

—「초록빛 상자」 전문

시인은 초록빛 상자를 찾는다. 바다를 건너기 전 행여 잊어 버
릴까 두려워 이삿짐 속에 안전하게 챙겨둔 상자였는데, 아무리
찾아봐도 보이지 않는다. 선반 위에 놓였던 낡고 허름한 상자였
지만, 초록빛으로 무장해 다른 짐들보다 도드라지고 눈에도 잘
띄었던 '상자'였다. 그런데 "너의 몸만 한 어둠 속 빛나는 어둠"
(「상자의 둘레」)과도 같은 초록빛 상자가 눈을 씻고 찾아봐도
그 흔적을 내보이지 않는 것이다. 물론 정작 그가 필요한 것은
상자가 아니라, 그 상자 속에 고이 간직해둔 '그림'이지만, 상자
와 그림이 서로의 표리表裏라는 것을 감안하면 우선 상자를 찾
는 것이 당연한 순서다.

그가 찾는 상자 속의 그림은 무엇일까—그냥 그림이 아닌 '상
자 속'의 그림이다. 우선 시인은 그 그림을 '심연 같은 꽃'으로
비유한다. "안으로 퍼지고 번져나갔던 선과 빛들"이 화폭 가득
고요히 끓어 넘치고, 또한 "넘쳐흐르기 직전의/ 여러 겹으로 포
개져 흐릿"하게 물러나는 유화풍의 낯선 사태 말이다. '심연'이

심장의 깊은 '곳'이고, 심연의 꽃이란 오로지 심장을 박동시키는 가장 붉은 피와 근육의 응집한 '장소'라면, "이 방은 청정 지역"(「음압병실에 들다」)이라는 선언은 그 의미를 잃어 버리지 않는다. 따라서 그가 '그림'을 찾는다는 것은, 그는 자신조차 가본 적 없는 무의식의 정밀하면서도 추상적인 스케치를 확인하고 싶다는 뜻으로 수렴된다. 게다가 시인은 "그 안에서만 빛나고 있던" 영롱한 색채에 대해 "가끔 꺼내 놓고 혼자 황홀해지다 다시 덮어 놓았던/ 언젠가 누구에게 보여 주려다 다시 덮어 버린/ 아무도 보지 못하고 들으려 하지 않"았으며, 들어도 무표정했다고 고백한다. 만일 그림이 시인 자신이 만들어놓은, 그 누구도 허락하지 않았던 '헤테로토피아heterotopia'라면 '그림'의 정체는 더없이 확연해진다.

그런데, 시인은 그 '그림'과 직접 연결된 초록빛 상자를 찾지 못한다. 너무도 잘 보이는 곳에 놓고 의도적으로 (혹은 최면을 걸어버린 듯) 보지 않았기 때문이거나 아니면 이미 무의식의 내부에서 '실재'로 구조화되었기 때문일 것이다(이 '실재'는 물자체物自體와 같아서 우리는 결코 마주할 수 없다). 어쩌면 가시적/비가시적 이중 구조로 인해 「도둑맞은 편지」에 관한 세미나와 유사한 필체를 연결할 수도 있겠지만, '그림'과 '상자'는 이 담론의 그물망은 손쉽게 비껴가 버린다. 왜냐하면 그것들은 문장과의 관계도 절연한 채 "내 안에서만 그림이 되는 그림"이기 때문이다. 마지막 행의 '설마,'(쉼표를 포함한다)라는 단말마는 이러한 극적인 고통, 혹은 희열의 또 다른 표정이다.

이것은 전혀 다른 방식의 생존으로서, 시인은 그림이 보이지 않은 채로 그것과 공존한다. 삶이 지속되는 한 결코 분리되거나 단절되는 일은 없을 것이다. 그것은 "몸 그릇 안에 담겨 있어야 할, 고장 난 문처럼 닫히지 않던 당신/ 그렇게 토하듯 쏟아져 나온 말들// 이제 생각나요/ 당신 어깨에 무겁게 걸쳐있던 소라빛 롱드레스에/ 얼룩무늬가 있었다는 걸"(「쏟아지는 물」)과 같은 문장에 나타난 바와 같은 우리가 걸친 외투에 찍힌 지워지지 않는 얼룩무늬와도 같다(이 시에서 '당신'을 '나'로 바꾸면 의미는 더 확연해진다). 또한 "당겼다 풀고 다시 잡아당겼다가 풀어놓는// 밀려왔다 밀려가는 어떤 율동, 비밀은 깊고 깊어서// 이 움직임은 당신의 내면// 지금을 무너뜨리는 겹겹의 유혹/ 파득거리는 한 무리 진홍빛 날개가 정원에 쏟아놓은/ 진한, 이것은 누군가의 일몰"(「작약」), 즉 당신에 혼연일체가 된 '율동', '내면', '유혹', '일몰'이다.

일종의 긍정적 '섬망譫妄'으로 해석할 수 있는 이 치밀한 삶의 그림자들은 도대체 무엇이며, 어떤 까닭으로 세계에 균열을 냈고, 세계와 시인을 봉합했던 것일까.

하얀빛 가루, 여긴 어디인가

어젯밤 옷가지와 필기도구만 들고 내려온 기억밖엔
없는데

너는 나를 휘몰아 어디로 데려가려는가

푸른 건반, 맨발 닿는 곳마다 솟구치는 은빛 은어들

발바닥은 사라지고 발바닥에 새겨진

사선나선점선파선곡선

키냐르의 기하학무늬를 읽는 저녁

텅 빈 마을

－「은빛 은어隱語」 전문

시인은 어젯밤에 옷가지와 필기도구만을 들고, '하얀빛 가루'
를 따라 어디론가 내려간다. 종착終着이 보이지 않을 정도로 그
도정道程은 끝도 없다. 뫼비우스 띠를 지나는 것처럼 이 길은 무

한히 반복되고 있다. 지나온 길이 물러나는 속도로 다시 '길'은 눈앞을 가리며 시인을 휘몰고 있는 것이다.

다만, 푸른 건반이 있고, 맨발이 닿는 곳마다 모래바람처럼 솟구치는 '은빛 은어'들이 사방을 은밀하게 헤엄치는 것으로 미뤄 여기는 상상계에서 상징계로 재-구조화-되기 전의, 다시 말해 '장소'로 분화되기 직전의 '공간'일 것이다. 손에 잡힐 듯한 빛 무리가 "건반과 건반 사이로 쏟아지"고 "오래된 벽들이 흘러 다니"기도 하며, "음 자리 같은 노천카페 의자"와 "적갈색 지붕마다 얹힌 음들"이 즐비한 '로마 포폴로 광장 뒷골목'이며(「열개의 손가락 사이로」), "무대미술처럼/ 살을 발라내고 혼을 발라낸 사백여 수도사들의 유골/ 서가의 고서처럼 쌓여 있"(「저 뼈들과 우리 사이」)는 '카타콤'이거나, "자그락자그락 자갈돌 밟으며 커다란 몸 덩실거리며 산투르 켜는/ 당신의 소리가 들려"(「조르바의 춤」)오는 '크레타 섬'의 다른 이름들일지 모른다.

그러나 그 길이 머무는 곳이 어디든, 시인의 북극성은 '하얀빛 가루'이며, 그에게는 '옷가지'와 '필기도구'만 들려 있을 뿐이다. 그는 걷는다. 걸으며, 무한히 반복되는 생生의 여백들을, 그 미완의 악보들을 하나씩 끄집어내고 버리고 완성한다. 발바닥이 사라질 때까지, 아니, 발바닥에 '사선'과 '나선', '점선', '파선', '곡선'이 모조리 각인될 때까지 그의 행려行旅는 거침없다. 스스로가 텅 빌 때까지, 물고기들이 '고체 상태의 물'이 될 때까지(파스칼 키냐르), 짙은 황혼과 죽음이 아무것도 아니게 될 때까지. 따라서 '행간'의 표상이라 할 수 있는 '은빛 은어'는 시인 자신의 작시作詩에 관한 모든 것을 포괄한다.

4

한윤희 시는 무엇보다 시각을 능숙하게 다루며 그것을 바탕으로 소리들의 성채를 쌓아 올린다. 이번에 엮은 시집 속에 많은 시편이 그러한 교차와 집합을 표상한다. 그런 측면에서 그의 문장은 감각의 이중 교차이며, 그러한 방법은 우리가 전에 본 적 없는 대상의 이면을 포착하는 데 유용할 것이다. 요컨대, 그는 끊임없이 정교한 조형술에 음색을 더하는 것이며, 그것은 '묘사'라는 수사적 핵심 속에서 꽃핀다.

몇 개의 예를 들어보자. 어느 시에서 뽑아내도 시인의 탁월한 감각들은 지워지지 않는데, "내일이면 마를 것 같아서/ 젖은 머리 하얀 물에 가만히 담가 놓는다/ 붓는 사람 젖는 사람/ 웅웅거리며 떠다니는 물방울무늬/ 며칠 지나 엘리베이터에서 마주친 우린/ 서로 아무 말도 못 하고 아무 일도 없었던 것처럼"(「그 바닥」)과 같은 문장이나, "가라앉았다// 책상 위 사물들 이를테면// 비에 젖어 울컥거리는 무선 노트// 쓰다가 찢어버린 종이 같은 귤껍질// 세상의 어둠 다 담아 놓았던 것 같은 커피잔의 까만 테두리// 약간의 저녁이 섞인 포스트잇// 더 이상 예민해질 수 없는 영 점 삼 미리 펜// 그리고 어디서 본 듯한 희미한 여자// 눈동자가 걸린다"(「이유 없는 무게」), "안에서 흘러나오는 짙은 숨// 다시 풀밭으로 뛰어들어 두리번거리더니/ 솜사탕 같은 민들레 홀씨 한입에 털어 넣었다/ 언어가 안으로 들어간 것처럼 부르르 떠는 몸// 땅의 리듬, 그것과의 결속"(「발바닥으로 쓰는」)과 같은 문장이 그것이다. 물론, 묘사만으로 충분한 시가 되겠지만, 한윤희 시는 그 균열을 좀 더 멀리 밀어낸다.

씨를 품고 있는
방,

방은 점을 낳는다

— 「방」 부분

길 위에 가는 선 하나
점과 점이 끝과 저 끝을 잡고 함께 걷고 있다

(중략)

● 작품 해설 _____

끊어질 듯 말 듯 팽팽해지는 지평, 굵어지는 선
– 「견디는 선」 전문

　인용시 「방」은 예의 '초록빛 상자'와 같은 알레고리 형식을 가진다. 발아發芽라는, 그 숙명적인 태어남에 관한 시라는 말이다. 시인은 '방'을 묘사하되 단지 무엇인가 포함시키는 것으로서가 아닌 '씨'라는 존재를 품는 일종의 '자궁'으로 비유한다. 하지만, 이것으로 끝나는 것이 아니다. 씨를 품은 방은 "점을 낳는다"라는 문장을 통해서 세계(혹은 사물들)의 경계를 훌쩍 넘어 버린다. 씨와 점의 동일성 때문에 이런 문장이 가능하겠지만, 시인은 점과 방의 동일성까지를 염두에 둔다. 하나의 먼지에서 우주를 보는 것과 같은, 점은 곧 '방'이자 '우주'다.

　「견디는 선」도 마찬가지다. 앞의 시가 유한 가운데 무한을 보는 것이라면, 이 시는 무한 속에서 유한을 계열화하는 형식을 가진다. 길 위에 그어진 '가는 선'이란, 그 시작인 '점'과는 다른 차원이어서 무한으로 수렴될 수 있다. 반면 '점'이란 명징한 유한성의 차원이다. 그런데, 두 개의 '점'이 무한인 '선'을 재단하고 "끝과 저 끝을 잡고 함께 걷고 있다." '점'으로 재단된 '선'은 끊어질 듯 말 듯 팽팽해지며, 점점 굵은 지평으로서의 실체를 드러낸다. 시인이 포착한 장면은 점과 선의 분리 불가능성이 붕괴하는 지점이다.

이제 우리는 시각과 소리의 불규칙하고 모호하지만, 날카로운 예봉으로 축성한 임무와 욕망과 본질이 정확히 실현된 '초록빛 상자'를 마주하게 된다—이것은 '설마,'에 내장된 쉼표를 통해 시인 스스로가 찾기를 유보했던 상자다. 그것은 세계 내에 무수한 균열을 내었던 다른 시들과 유사한 구조를 갖지만, 시인에게 잠재되었고 지금 발현되었으며 앞으로 기저基底가 될 '형形'과 '상象'이다. 이 시는 한 영혼과의 마주침으로 시작한다.

채도 낮은 영혼, 오래된 그림

듬성듬성 빈자리 빈 데를 채워가는 붓질
선과 선을 지운다
사람과 병이 스미고 스민다

카키색은 모란디의 병, 병과 병, 그 뒤에 병, 그 옆에 병, 겹겹으로 늘어서 있다 병과 병이 부딪는 소리, 너와 네가 부딪는 소리 몸 가리고 밖을 살피다가 다시 병 안으로 깊이 숨어든다 입안에 머금고 있는 말들 병 안으로만 가라앉히는, 가라앉아 울부짖는, 바닥에서부터 올라온 작고 낮은 목소리, 새벽의 침묵같이 물이 끓는다

붓 움직이기 전

● 작품 해설 _____

점과 선들이 마른 천 위에 조용히 쏟아내는

말, 어쩌면 당신은 그런 말인지 몰라

저 병들 너머 보이지 않는 말할 수 없는

　　　　　　　　　　　　　　－「카키색」 전문

　시인은 오래된 그림 앞에 서 있다. 전경을 살펴보기에 적당한
간격을 유지하면서 조명의 각도에 따라 그림에 배열된 색깔이
들뜨거나 충돌하고 미끄러지는 것을 충분히 감안한다. 잠시 후
한 발 더 뒤로 물러나서는 화가가 어떤 방법으로 대상을 일으켜
세우는지, 그리고 어떤 까닭으로 그 대상을 '대상'으로 만들어
버리는지를 생각한다. 이 오래된 그림은, 그 자체로 이미 한 명
의 영혼이다. 화가의 순간적인 몰입이 거친 붓끝에 붙박였기 때
문이고, 외연을 미세하게 다듬는 과정에서 캔버스에는 대상이
'대상'으로서 재현되고 있기 때문이다.

　오래된 '그림'이 눈앞에 있다. 자세히 보면 듬성듬성 빈자리
빈 데를 채워가는 '붓질'이 행간처럼 남아 있다. 아직 그려지지
않은 선은, 이미 그려진 선들을 덧칠하며 대상의 형상을 대상-
속-에서 이끌어 낼 준비를 마쳤다. 오래된 그림이란, 이같이 대
상의 새로운 발견을 기점으로 하는 아직 완성되지 못한 그림의
'점정點睛'과도 같을 것이다. 물론, 마침표는 그림을 감상하는 시

인처럼, 일정한 간격을 통해 만들어지게 될 것이지만.

그렇게, 오래된 그림이 있다. 채도 낮은 영혼이라 불러도 이상하지 않을 만큼, 그 그림에는 "사람과 병이 스미고 스"미고 있다. 조명을 떼어 내면서 시선을 포갠다. 병이, 병과 병 사이에 놓여 있는 것인데, 각각의 표정은 손에 닿을 듯하면서도 멀리 있다. 병이 있고, 그 뒤에 병, 그 옆에 병이 겹겹이 늘어서 있다. 그것은 집합이 아니다. 단독의 무언가가 자신의 고독을 간직한 채 스스로를 고립시키는 사태다. 더욱이 그림을 감싼 카키색이 잠시 '병'에서 떨어져 단절된 것처럼 보인다. 이탈리아의 화가 모란디가 붓을 놓고는 갑자기 자신의 그림 앞에 서 있는 관람객에게 말을 건네는 듯했기 때문이다. "병과 병이 부딪는 소리, 너와 네가 부딪는 소리 몸 가리고 밖을 살펴다가 다시 병 안으로 깊이 숨어"들었기 때문이다.

*

그림은 오래된 채 그곳에 있다. 단지 시간의 표식만이 그 출처를 각인할 뿐이다. 그러나 그 냄새와 질감은 여전하다. 시인은 병 안으로 숨어든 카키색의, 묘한 끌림에 매료된 채 그림을 벗어나지 않는다. 그림과의 '간격'조차 무의미해졌다. '하얀빛 가루'가 흩어지면서 그림을 조금씩 밀어낸다. 그러나 '나'는 입속에 가득 담긴 '말'들을 저 병에 쏟아부을 것이다. 병 안으로만, 오직 병 안으로만 가라앉힐 것이다. "가라앉아 울부짖는, 바닥에서부터 올라온 작고 낮은 목소리"를 황혼과 죽음을 넘어서까지 기념할 것이다. "붓 움직이기 전/ 점과 선들이 마른 천 위에 조용히 쏟아내는/ 말", 그것은 문장이고 시다. 저 병들 너머에 존재하는 결코 보이지 않으며 말할 수도 없는 그 '말'들이 시인의 생生을 지금까지 밀고 왔으니, 앞으로도 그러할 것이다.

박성현 | 시인. 2009년 중앙일보 등단. 한국시인협회 젊은시인상 수상(2019), 시집 『내가 먼저 빙하가 되겠습니다』(2020) 외.

RAINBOW | 094

뜨거워지는 사각 침묵

한윤희 시집